L'APAISEMENT

CHEZ TOUS LES LIBRAIRES

MAI 1871

L'APAISEMENT

La situation que présente la France en ce moment est sans précédent dans l'histoire du monde et notre malheureux pays se trouve dans la position la plus triste et la plus embarrassée qu'il soit possible de voir. La guerre contre l'étranger est à peine terminée que la guerre civile éclate à Paris dans toute sa sanglante horreur, avec son cortège hideux d'assassinats, de spoliations, de mesures odieuses et illégales ; la population égarée de quelques villes de province essaie de suivre la capitale dans cette voie funeste ; de criminels agitateurs, gens sans conscience, sans moralité, presque tous flétris par des condamnations judiciaires, veulent soulever le pays au nom de l'idée communale. Ce qu'est la Commune, quelles sont les limites de ses attributions, quel est son but ? nul n'en sait rien, car personne n'en a donné jusqu'à ce jour une définition précise. Des badauds pourtant se laissent séduire par ces misérables sans tenir compte ni des deuils, ni des ruines que cette insurrection accumule sur la France, et le sang coule et tous les intérêts sont atteints ou menacés.

L'issue de la lutte engagée entre Paris et la République rouge d'une part, Versailles et la France honnête et conservatrice de l'autre peut encore se faire attendre quelque temps, mais le résultat n'en saurait être douteux. La justice d'une cause la rend invincible et le bon droit sans contestation possible est du côté des troupes qui combattent à Versailles pour l'ordre, la sécurité et l'unité nationale.

Des symptômes certains de décomposition se manifestent déjà dans les rangs de la Commune. Les querelles et les dissensions qui éclatent entre les chefs de l'insurrection, le langage des journaux dévoués aux bandits de l'Hôtel-de-Ville, le refus de la part d'une foule de citoyens d'aller au feu et de se soumettre aux décrets de mobilisation sont autant d'indices qui permettent de prévoir, pour une époque peu éloignée la chute de ce gouvernement d'assassins et de voleurs.

Mais quand l'émeute un instant victorieuse du 18 mars aura été domptée, il ne faut pas se bercer de la douce illusion que tout sera fini. La pensée de tout ce qui restera encore à faire avant que la France ne recouvre pleinement le calme dont elle a besoin doit être une cause constante de préoccupation pour tous ceux qui aiment profondément leur patrie et qui envisagent les choses en hommes qui n'attendent rien du triomphe de tel ou tel parti.

La multiplicité des partis, les rivalités et les haines qu'ils engendrent affaiblissent depuis longtemps les forces vives du pays, diminuent l'intensité du sentiment national et pourraient même finir par amener insensiblement la France à se réveiller un beau jour morcelée et sans cohésion, si l'on n'y prend pas garde. Il faudrait rapprocher et fusionner tous ces éléments disparates, amener chacun à faire quelques légitimes sacrifices à l'intérêt général et asseoir le Gouvernement de demain sur une base large et solide qui rallie les suffrages de tous les honnêtes gens sans esprit d'exclusion.

Loin de nous l'idée d'ailleurs de condamner ici ces différents partis. Les hommes qui les composent, presque tous de bonne foi, ne se rangent sous telle ou telle bannière que parce qu'ils croient y voir le salut commun, et, quand on étudie en spectateur attentif ce que chacun d'eux a produit, on y trouve toujours quelque côté utile et louable auquel il faut rendre hommage ; on y trouve la trace de progrès accomplis et dont la nation doit se montrer reconnaissante envers ceux qui les lui ont donnés. Au lieu de se livrer à des récriminations toujours stériles, il vaut mieux chercher le moyen de concilier tous les intérêts, de fonder un gouvernement durable et d'arriver enfin à cet état d'apaisement qui nous est si nécessaire.

Nous n'avons en ce moment qu'un gouvernement essentiellement transitoire, l'Assemblée élue le 8 février, trait d'union entre la dictature usurpée de Gambetta et le pouvoir régulier qui devra donner au pays le calme et la tranquillité. Le caractère provisoire de cette Assemblée n'a pas besoin d'être démontré. Il résulte des circonstances même qui lui ont donné naissance et des déclarations explicites du chef du pouvoir exécutif, mais l'étendue de ses attributions semble moins nettement définie et quelques doutes à ce sujet ont pu dès les premiers temps naître dans les esprits. Cependant si on se reporte au décret du 28 janvier d'où elle est sortie on trouve qu'il s'agit d'une Assemblée nationale et le mot de Constituante n'est pas prononcé une seule fois. D'ailleurs quelle était la pensée unique, absorbante qui dominait alors toute la France ? Le désir d'avoir à la hâte une représentation régulière chargée d'examiner la situation au point de vue militaire et de se prononcer sur les négociations de paix.

La période électorale était forcément trop courte pour qu'on pût au point de vue politique examiner et discuter mûrement le choix des candidats. Ce n'était pas au lendemain même des douloureux événements que nous venions de traverser que nous pouvions avoir une liberté d'esprit assez grande pour songer à donner à qui que ce fut un pouvoir assez énorme pour engager l'avenir sans retour. En outre, beaucoup d'électeurs retenus au loin sous les drapeaux ne pouvaient voter pour les candidats de leurs départements : c'est ainsi qu'à l'armée du Nord il y avait des mobiles du Gard et que des mobilisés de la Haute-Garonne faisaient partie de l'armée du Mans. Le temps accordé n'était pas assez long, l'incertitude soulevée à dessein dans le pays par le décret illégal de Gambetta était trop grande pour que tous ces braves jeunes gens qui venaient de remplir leurs devoirs de soldats pussent avoir connaissance des noms mis en avant dans leurs départements respectifs et s'acquitter de leur devoir de citoyens.

Les élections ont, nous le reconnaissons, accusé

chez la population des tendances nettement monar-
chiques, mais cela ne suffit pas pour prétendre qu'il
y ait eu dans ce vote une pensée politique ; ce
résultat montre tout simplement une fois de plus
que la majorité du pays est essentiellement
monarchique ainsi que l'ont surabondamment
prouvé toutes les élections antérieures et il veut
dire surtout que chacun éprouvait alors le besoin de
protester contre une dictature funeste qui, pendant
six mois, proclamant ou promettant la victoire,
n'avait organisé que la défaite. En allant au scrutin
le 8 février les électeurs n'ont nullement eu la
pensée de donner à leurs représentants le mandat
de décider, la paix une fois faite, des conditions
d'existence de la France et de la forme de son
gouvernement.

Les premières déclarations faites par le Pouvoir
exécutif étaient empreintes à cet égard d'une
certaine ambiguïté et il fut un moment où
l'on pouvait craindre que nos représentants ne
commissent la faute d'oublier la véritable signifi-
cation des votes qui les avaient nommés. Ils ont eu
le bon esprit de se tenir jusqu'à présent strictement
dans le cercle de leurs attributions et nous devons
espérer que leur patriotisme éclairé les empêchera
de les enfreindre. M. Thiers lui-même, voulant effacer
les phrases à double sens qu'il avait prononcées au
début, a félicité depuis l'Assemblée d'avoir eu la
sagesse de ne pas se déclarer Constituante et lui-
même il a reconnu et proclamé que c'était à la nation
seule qu'il appartenait de décider comment elle veut
vivre.

En résumé le décret qui convoquait les électeurs,

les circonstances qui amenaient cette convocation, l'idée nettement saisissable des électeurs eux-mêmes et par dessus tout l'importante déclaration de M. Thiers à la Chambre et devant la nation, tout indique clairement la délimitation exacte des pouvoirs de l'Assemblée actuelle. Souveraine pour décider la question de paix ou de guerre, souveraine pour maintenir l'ordre et faire respecter le droit jusqu'à l'établissement d'un pouvoir régulier, telles sont ses attributions. En dehors de cela, elle ne peut rien, car elle n'a pas été nommée pour autre chose. Elle est une délégation provisoire de tous les citoyens qui n'engage en rien et ne préjuge pas l'avenir de la nation, parce qu'elle n'a pas qualité pour décider de notre gouvernement futur. Et c'est là précisément le côté rassurant de la situation actuelle. Voici pourquoi :

Depuis la révolution de 1789, qui chassa du trône la famille des Bourbons, bien des gouvernements divers se sont succédés chez nous, et il est à remarquer que tous ont été des gouvernements de fait avant d'être des gouvernements de droit, parce que la vacance du pouvoir n'était jamais complète lorsqu'ils y sont parvenus.

C'est ainsi que le premier Empire, proclamé le 18 mai 1804, n'est ratifié que le 6 novembre suivant par trois millions et demi de suffrages contre deux mille cinq cents.

En 1814, Louis XVIII monte sur le trône en vertu du droit divin, car on ne peut considérer comme une consécration nationale de ce retour la déclaration du Sénat en date du 6 avril.

Charles X succède tout naturellement à son frère en vertu du même principe.

A la révolution de Juillet 1830, Charles X n'avait pas abdiqué que déjà Louis-Philippe d'Orléans acceptait la lieutenance générale du royaume et six jours après recevait la couronne des mains de 219 députés, sans qu'il ait jamais songé à faire ratifier ce coup d'état parlementaire, secondé par l'émeute qui avait éclaté dans les rues de Paris les 27, 28 et 29 juillet, émeute à laquelle lui-même il n'était vraisemblablemet pas étranger.

Au 24 février, quand le gouvernement provisoire s'installa à l'Hôtel-de-Ville , il commit une usurpation puisqu'il chassait en dehors des moyens légaux une monarchie qui tomba d'ailleurs abandonné par ceux-là même qui avaient été ses plus fidèles partisans et ce n'est que le 4 mai suivant qu'une Assemblée Constituante proclama régulièrement la République.

En Décembre 1851 quand le Prince-Président prononça la dissolution de l'Assemblée, ce n'est que quelques jours après que sa conduite fut ratifiée par le peuple qui lui donna un vote presqu'unanimement favorable par les 7,500,000 suffrages qu'il obtint. Moins d'un an après, d'accord avec le sentiment populaire qui se manifestait ouvertement, l'Empire est proclamé le 4 novembre, mais il ne fut régulièrement consacré que le 20 par près de 8,000,000 de suffrages contre 260,000.

On le voit par le court exposé qui précède, tous nos gouvernements depuis quatre-vingts ans se sont installés avant que la place ne fut libre; ils ont tous plus ou moins dépossédé leur prédécesseur. Il en est parmi eux qui ont reçu une absolution et une absolution aussi légitime qu'éclatante, mais il n'en est pas moins vrai que cette tâche originelle leur enlevait à tous beaucoup de leur force et les empêchait d'avoir parfois l'autorité morale nécessaire pour se placer résolument au-dessus de tous les partis. Ceux-ci à leur tour ne se faisaient pas faute de trouver dans cette origine des sujets de griefs qu'ils exploitaient habilement et à l'aide desquels ils dénaturaient les intentions les plus loyales et les plus droites. La situation n'est plus la même aujourd'hui et le gouvernement que nous allons avoir à choisir, dès que les circonstances le permettront, se trouvera du premier coup installé dans les conditions les plus régulières et les plus légales.

L'étude de notre existence politique depuis la grande révolution nous fournit encore un autre enseignement qu'il est bon de méditer pour le sujet qui nous occupe.

Avant 1789 et depuis bien longtemps la Monarchie existait en vertu du droit divin et il n'était presque personne qui osât discuter ce principe. Mais à cette époque des aspirations longtemps comprimées se produisirent en plein jour. Toute une partie de la nation privée jusqu'alors de ses droits politiques naquit à la vie publique. Tout homme devint un citoyen et de ce renversement des doctrines et des choses du passé surgit un droit qui vint s'affirmer hautement par ses excès comme par ses grandeurs ; le droit populaire. Bien des années se sont écoulées, le temps a marché, mais ce droit, malgré les fautes auxquelles il a pu

entraîner dès le début, est plus profondément
enraciné que jamais dans le pays et lui seul peut
aujourd'hui donner aux actes qu'il consacre la
force nécessaire.

Mais, nous dira-t-on, c'est l'appel au peuple que
vous voulez? Vous pensez donc que la nation doit
se prononcer dans un plébiscite sur le gouvernement
qu'elle entend se donner ?

Évidemment oui, et c'est là, suivant nous, le seul
moyen de sortir de la triste situation où nous
sommes, car ce mode de procéder, outre qu'il enlève
à l'opposition bien des motifs d'attaque, est celui
qui jette en même temps le moins de perturbation
dans le pays, parce qu'il abrége ce que nous appel-
lerons la période critique de notre enfantement
gouvernemental.

Examinons, en effet, de quelle manière nous
pouvons sortir du provisoire dans lequel nous
sommes et nous verrons qu'il n'y a que trois
moyens. Force sera donc d'employer celui qui
semblera le meilleur.

D'abord, l'Assemblée actuelle se déclarerait
Constituante et se prononcerait sur les destinées
futures de la France. C'est cette idée que semblait
indiquer l'autre jour à la tribune un honorable
membre de l'Assemblée de Versailles.

Mais, nous l'avons dit en commençant cette
brochure, l'Assemblée est Nationale et non pas
Constituante. Il faudrait donc qu'elle s'arrogeât
cette qualité que lui refusent le décret auquel elle
doit son origine, le sentiment général de ses
mandants, les déclarations formelles du chef
du Pouvoir exécutif. Les événements eux-mêmes

d'ailleurs l'ont plus que quoi que ce soit empêché
d'avoir et de prendre ce caractère. Ils l'ont forcée à
signer une paix onéreuse; plus tard, ils l'ontforcée à
lutter par les armes contre une insurrection aussi
folle que criminelle. Il ne faut lui reprocher ni
l'un ni l'autre de ces actes car elle a obéi à une
dure et implacable nécessité, mais les faits sont
malheureusement là et ce n'est pas dans de
semblables conditions qu'elle peut avoir aux yeux
de tous le prestige et l'autorité nécessaires pour
engager aussi complètement l'avenir de la France.

Si pourtant, sortant de la voie sage et politique
qu'elle a suivie jusqu'à ce jour, il lui prenait la
fantaisie de nous imposer un gouvernement
quelconque,croit-on que le sentiment public ratifierait
ce choix ? Les partis écartés se soumettraient-ils sans
mot dire et n'auraient-ils pas au contraire de
justes raisons de protester ? Quiconque accepterait
ainsi le pouvoir des mains de l'Assemblée serait
tout d'abord réduit à l'impuissance et à l'isolement.
Ses ennemis l'attaqueraient sans relâche et ses
partisans eux-mêmes éprouveraient quelqu'embarras
à le défendre. Et pendant les luttes qui s'en
suivraient inévitablement, la malheureuse France
agoniserait sous les coups d'une nouvelle guerre
civile.

Cette première idée étant écartée, voyons en
second lieu s'il ne conviendrait pas d'élire une
nouvelle Assemblée, constituante cette fois, avec
mission de se prononcer sur cette grave question.

Ici encore nous allons nous trouver en présence
de sérieuses difficultés dont il faut tenir compte.
D'abord ce système entraîne nécessairement

plusieurs convocations des colléges électoraux :
1º pour la nomination d'une Assemblée nouvelle ;
2º pour les seconds tours de scrutin ; 3º quand
la Constituante se sera prononcée pour la
nomination d'une Chambre des représentants.
D'où il s'en suivra inévitablement par trois fois
une grande agitation dans le pays.

On va peut-être nous objecter qu'il en sera de
même avec le plébiscite, mais il faut remarquer
que dans le cas de l'appel au peuple il suffit d'une
double convocation des électeurs pour que le
gouvernement définitif soit complétement installé :
1º celle pour le plébiscite ; 2º celle pour la
nomination d'une Chambre de Députés. Si l'on veut
bien d'ailleurs tenir un instant cette assertion pour
vraie, nous l'examinerons plus loin en traitant du
plébiscite.

C'est là du reste une discussion de détail qui doit
s'effacer devant une objection beaucoup plus
grave.

Que n'a-t-on dit ou écrit sur le droit des
minorités et sur le respect qui leur est dû ! Si l'on
est en toute circonstance obligé de le reconnaître, il
faut le respecter bien davantage encore quand ces
minorités sont susceptibles, dans des conditions
données, de devenir des majorités, et c'est ce qui
pourrait arriver dans l'hypothèse dont nous nous
occupons si l'on adoptait le vote au scrutin de liste.
Supposons en effet que dans tous les colléges
électoraux les candidats portés sur la liste
monarchique passent avec une proportion de 100
voix contre 40 données aux républicains. Vous
aurez alors une chambre entièrement composée de

monarchistes mais qui ne répondra pas exactement
à la pensée du pays et sans aucun doute il arrivera
que, les monarchistes se divisant en trois groupes,
chacun d'eux ne représentera plus en somme qu'un
nombre de suffrages inférieur à ceux obtenus par
les républicains et pourtant, ceux-ci vaincus au
jour du scrutin, seraient tout-à-fait écartés de la
Constituante. Le résultat ainsi obtenu ne serait donc
pas exact ; or, M. Thiers l'a dit et ce doit être la
règle de conduite de tous : il ne faut ni escamoter,
ni surprendre les suffrages, il ne faut tromper aucun
parti.

L'inconvénient signalé serait atténué, il est vrai,
si l'on votait au scrutin individuel, mais dans ce
cas il faudrait ou diviser la France en nouvelles
circonscriptions (ce qui constitue toujours un
travail long et délicat) ou adopter purement et
simplement les anciennes délimitations fixées par
le décret du 25 décembre 1867. Ce dernier moyen
présenterait cependant lui aussi un côté désavan-
tageux : il multiplierait sur toute l'étendue du
territoire les questions personnelles et locales, ce
qui pourrait parfois compliquer singulièrement la
question politique assez grave par elle-même.

Supposons maintenant l'Assemblée Constituante
réunie. N'y a-t-il pas lieu de craindre l'influence ou
les séductions que les différents partis chercheront à
exercer sur elle ? Comme nos Constituants ne
peuvent accepter d'être nommés avec un mandat
impératif, libres jusqu'au dernier moment de leur
vote ils ne se prononceront peut-être pas suivant la
pensée exacte de leurs électeurs avec lesquels

pourtant au jour du scrutin on devait les croire en communauté d'idées.

Allons, plus loin encore. Supposons que la Constituante se prononce, qu'elle décide de la forme du gouvernement et du choix de son chef. Le gouvernement est proclamé, mais il ne le sera peut-être qu'à une faible majorité, et dans ce cas j'admets (ce qui pourtant aurait encore besoin d'être prouvé) que cette majorité dans la Constituante, réponde en même temps à la majorité dans le peuple. Comment le chef proclamé pourra-t-il connaître exactement la situation du pays ? Comment pourra-t-il se rendre compte des éléments qui sont pour lui, de ceux qui lui sont hostiles ? Même en se livrant à une étude attentive et comparée des votes des électeurs et des votes de leurs mandataires, il ne pourra saisir d'une façon précise la corrélation qui existe entre eux et, quoi qu'il fasse, il n'arrivera qu'à une approximation peut-être complètement fausse. La majorité obtenue par lui, strictement légale nous l'avouons, courra le risque d'être plus fictive que réelle. Bref, il ne pourra pas prendre sérieusement en main les intérêts généraux du pays et les intérêts particuliers des citoyens, car la volonté des électeurs ne s'étant prononcée qu'indirectement, il n'en pourra saisir clairement la pensée.

Il serait en un mot à peu près dans cette même situation qui a donné pendant 18 ans à la monarchie de Juillet une existence si précaire parce que le roi Louis-Philippe, après avoir reçu la couronne des mains des Députés, n'ayant pas pour lui, comme l'avait la branche aînée, le principe du droit divin, n'a pas osé faire ratifier le fait accompli en 1830 ni se soumettre à la consécration du droit populaire.

Il ne nous reste plus maintenant qu'à examiner la question de l'appel au peuple, les conditions dans lesquelles il se présente et les garanties qu'il donne à la France. '

Le pouvoir ne peut jamais reposer que sur deux principes : le droit divin et le droit populaire ; car tout gouvernement qui ne s'est appuyé ni sur l'un ni sur l'autre n'a été, quoi qu'il ait fait, qu'une criminelle usurpation.

Le droit divin qui a eu cours pendant longtemps en France n'a pas été sans grandeur. Il garantissait au gouvernement une stabilité, une fixité même souvent exagérées malheureusement car, sans tenir aucun compte des progrès de l'esprit humain, il maintenait les institutions dans un état immuable qui devait tôt ou tard amener un cataclysme.

Nous ne voulons ici ni discuter ni contester sa raison d'être, nous ne voulons pas davantage nier le bien qu'il a fait. Des esprits sérieux, honnêtes, croient qu'il est encore possible de revenir à ce principe et ils en souhaitent le retour. Ils se font illusion mais enfin ils gardent au passé un souvenir que l'on doit respecter car il puise son origine dans une foi robuste et convaincue, et la foi est hélas! trop rare au siècle où nous sommes pour qu'on blâme ceux qui la possèdent. Si pourtant, au lieu de regarder en arrière avec une fidélité parfois aveugle, ils jetaient les yeux sur le monde qui les entoure, s'ils étudiaient attentivement les conditions d'existence de la société moderne, ils abandonneraient sans doute alors une doctrine qui fut à son heure utile et féconde, mais qui n'est plus aujourd'hui qu'un instrument impuissant et stérile, sans force et sans autorité pour suivre et diriger le grand courant démocratique qui nous entraîne.

Si l'on écarte donc le principe du droit divin, le droit populaire seul peut consacrer un gouvernement.

Ce droit existe depuis longtemps. On en retrouve les traces dans ces Assemblées où les guerriers de l'antiquité et des siècles barbares, choisissant le plus digne et le plus brave d'entre eux, le proclamaient leur chef. En France, durant tout le moyen-âge et jusqu'à la fin du XVIIIme siècle, il fut remplacé par le droit divin. Lorsque l'Assemblée des États généraux ouvrit la période révolutionnaire, il apparut alors comme la revendication indispensable d'un droit trop longtemps méconnu ; il entra du premier coup si profondément dans nos mœurs parce qu'il répondait à nos aspirations les plus immédiates, que les excès même dont il a été le prétexte sous la terreur n'ont pu lui enlever ni de sa force ni de son prestige.

Ce droit trouve son expression la plus large dans le suffrage universel. La révolution de 1789 ne fut pas seulement une révolution politique mais surtout une révolution sociale. En même temps qu'elle renversait un trône, détruisant du même coup les castes et les priviléges, elle proclamait l'égalité des citoyens. Depuis, la nation française est essentiellement démocratique; les mêmes droits sont accordés à tous, et le premier, le plus important, est le droit de participer à la vie politique. Longtemps méconnu, mutilé par la loi du 31 mai, le suffrage universel n'a pas tardé à s'affirmer plus fort, plus autorisé que jamais et ce sera là une des gloires de l'Empire d'avoir effacé toute distinction entre le vote des riches et le vote des pauvres, tous égaux devant l'urne électorale.

On a beaucoup critiqué le suffrage universel, on l'a beaucoup accusé d'être trop accessible à la pression, à la corruption; mais à cela il faut répondre qu'en admettant même qu'il y ait pression ou corruption, elles s'exercent plus facilement quand on a affaire à deux cent mille électeurs qu'à huit millions. Et d'ailleurs la preuve la plus convaincante que le suffrage universel ne se laisse pas influencer aussi facilement qu'on veut bien le dire, nous la trouvons dans un exemple récent.

Les élections du 8 février ont eu lieu sous la direction des fonctionnaires républicains de Gambetta ; les journaux de cette époque sont remplis de protestations contre les agissements de ces messieurs; le vote a eu lieu au chef-lieu de canton pour éloigner autant que possible les éléments hostiles à la République et pourtant quel n'a pas été le triomphe du parti monarchique.

Le droit populaire existe et il existe sans qu'on puisse y porter atteinte, à moins de bouleverser la société tout entière. Il ne faut donc pas songer à établir sans lui, malgré lui, un gouvernement régulier et définitif. La nécessité d'un appel au peuple s'impose fatalement mais elle s'impose dans les meilleures conditions. Le plébiscite en effet n'aura plus aujourd'hui pour objet, comme il l'a eu presque toutes les fois, de se prononcer sur un fait accompli, sur lequel il est difficile, parfois impossible de revenir.

L'Assemblée actuelle et le Pouvoir exécutif qui en est l'émanation ont le devoir de maintenir la balance égale entre toutes les compétitions qui peuvent se produire, sans avoir le droit d'exclure aucun parti et c'est à chacun d'eux à venir plaider et exposer sa cause devant la nation qui les jugera. Il n'y aura alors, ainsi que M. Thiers l'a promis, ni surprise, ni supercherie, et le Pouvoir appartiendra sans contestation au représentant du principe qui aura rallié la majorité des suffrages. De cette façon, les partis écartés n'auront pas le droit de se plaindre car ils auront tous lutté à armes égales. Ils verront clairement qu'ils ne sont qu'une minorité dans le pays, et il faut espérer que leur patriotisme sera assez grand pour, sacrifiant des sympathies personnelles, s'effacer au nom de l'intérêt général devant le gouvernement choisi par la France tout entière.

Nous avons dit plus haut qu'en laissant au peuple le soin de se prononcer comme il en a le droit, on abrégeait la période critique de l'enfantement gouvernemental et que ce mode de procéder était celui qui semait le moins d'agitation dans le pays.

Dans le cas, en effet, où une Assemblée déciderait de nos destinées, comme l'Assemblée actuelle ne peut se déclarer Constituante, les Colléges électoraux devraient être forcément convoqués trois fois à des intervalles différents, puis la discussion à laquelle se livrerait cette Constituante prendrait aussi nécessairement un certain temps, de telle façon qu'il est impossible de prévoir à quelle époque nous aurions enfin un gouvernement

définitif. Nous n'avons qu'à voir ce qui s'est passé
en Espagne depuis la chute de la reine Isabelle
jusqu'à l'avènement du roi Amédée et qu'à nous
rappeler ce mot célèbre qui ne date pas d'aujourd'hui
et qui s'applique pourtant si bien à la situation
actuelle : « Le provisoire nous tue. »

Du moment, au contraire, où la résolution sera
prise de faire un appel au peuple, tout peut être
terminé dans l'espace de deux mois. Un intervalle
de trente jours suffit largement pour la période
plébiscitaire; vingt jours après, les électeurs peuvent
être de nouveau convoqués pour la nomination
d'une Chambre des Députés et en moins de deux
mois le pouvoir est ainsi régulièrement et définiti-
vement constitué.

De cette manière le résultat obtenu est plus
rapide, plus concluant, il trouble moins le pays
puisque l'agitation électorale dure moins longtemps
et qu'il n'y a en somme que deux jours de scrutin
au lieu de trois.

La force qu'un plébiscite posé dans les conditions
où il se présente donnera au pouvoir n'a pas besoin
d'être prouvée ; elle saute aux yeux. Les chiffres
obtenus sont une objection écrasante que le parti
élu opposera à ses adversaires pour leur démontrer
qu'ils ne peuvent avoir la prétention de représenter
le pays et de faire la loi. L'étude des différents votes
indiquera la force exacte de chaque parti et
permettra en même temps de distinguer les tendances
et les besoins de telle ou telle contrée. Le gouvernement verra plus sûrement alors ce qu'il doit faire
pour les uns ou les autres ; il pourra donner ainsi
dans une mesure plus large et plus certaine

satisfaction à tous les intérêts légitimes ; enfin, s'inspirant des indications fournies par le scrutin, il accomplira plus facilement cette grande œuvre d'apaisement général qui doit être le désir et le but de tous, gouvernants et gouvernés.

La forme plébiscitaire est la manifestation la plus éclatante du droit populaire et puisqu'on admet aujourd'hui que toute force vient de lui et que rien de ce qui est fait sans lui ne peut durer, nous pensons que les circonstances présentes sont assez graves pour qu'on fasse appel au peuple souverain, seul capable de décider de ses propres destinées. Lui seul d'ailleurs peut défaire ce qu'il a fait et sans parler des premiers plébiscites qui ont acclamé l'Empire, nous ne rappellerons que celui voté par la nation le 8 mai 1870 qui ne présentait pas le même caractère que les autres. Il s'agissait alors non pas de ratifier un coup d'État accompli mais de donner un nouveau baptême à des institutions déjà consacrées plusieurs fois par des votes enthousiastes. En conséquence, tant que le pays assemblé dans ses Comices ne se sera pas prononcé, il sera permis de soutenir, en s'appuyant sur le principe primordial du droit populaire, que l'Empire existe toujours comme gouvernement de droit sinon comme gouvernement de fait.

C'est là encore une raison qui prouve une fois de plus que nous ne trouverons une solution pratique et concluante de la situation où nous sommes qu'en demandant au peuple tout entier, depuis le plus riche jusqu'au plus pauvre, depuis le patron jusqu'à l'ouvrier, de se prononcer sur le gouvernement qu'il entend se donner.

Si l'on agit autrement, il y a de grandes chances pour que les partis ne désarment pas, et, après avoir laissé échapper cette occasion en quelque sorte miraculeuse qui s'offre à nous, nous resterons plus que jamais livrés aux dissensions et aux luttes ntestines; nous irons nous affaiblissant de jour en jour jusqu'au moment où tout s'écroulera à la fois dans une suprême et terrible convulsion.

Il y va du salut de la France et de la sécurité de tous.

Imp. du Mémorial de Lille, Delesalle

www.ingramcontent.com/pod-product-compliance
Lightning Source LLC
Chambersburg PA
CBHW061737180626
46818CB00006B/2665